Tagore's Philosophical Poems

泰戈尔哲理诗

孟 加 拉 语 直 译 版 本

泰戈尔 ——— 著　　　白开元 ——— 译

作家出版社

泰戈尔哲理诗选

冰心题字哲理诗

泰戈尔像

目　录

009

译本序

罗宾德拉纳特·泰戈尔（1861–1941）是印度文学巨匠。他的诗作数量惊人，收入孟加拉语《泰戈尔全集》的诗集有54集，逾9万行。此外，他还写了包括情歌、爱国歌、宗教歌、杂歌在内的两千余首歌词。

泰戈尔诗歌品类繁多，既有格律诗，也有自由体诗、散文诗；既有抒情诗，也有叙事诗；既有政治诗，也有爱情诗、田园诗、儿童诗、哲理诗、寓言诗。

在泰戈尔姹紫嫣红的诗苑里，富于哲理的短诗，以其精妙的构思、耐人寻味的蕴藉、优美流畅的韵律，一直为印度、孟加拉国和世界各国读者所喜爱。

泰戈尔哲理诗大致可分为三类。一是寓言诗，二是格言式的警句，三是题诗和赠诗。

泰戈尔创作的寓言诗，通过动物、植物的对话，情态描写，插入作者的评议，抒发个人情思，间接地反映社会现实、人际关系。《蚯蚓》《哈巴狗摇尾巴》中厌恶土壤的蚯蚓和谄谀主人的哈巴狗，自然而然地使人联想到卖身投靠殖民当局、丧失民族气节的洋奴。《蝙蝠》是对邪恶势力阻挡历史车轮的犷悍的鞭挞。《两副面孔》揭露了忘恩负义者的丑恶嘴脸。《南瓜》的隐意是：一个爱国者，不应离弃生育自己的故乡。另一部分篇章尖锐地抨击陈规陋习。《煤油灯》中鄙视泥灯、奉承皓月的煤油灯身上，不难看到欺凌平民、攀附权贵的小人的影子。《马蜂与蜜蜂》《爆竹》暗寓对眼高手低、不学无术者的善意的嘲讽。《昂首的水草》剖示出了微薄之力、总企盼回报的狭隘心理。《鼻子与耳朵》中的"鼻子"和"耳朵"以及《棍子与木条》中的"棍子"和"木条"，是某些吹毛求疵、专挑别人毛病的人的生动写照。《河的两岸》告诫人们不要想入非非，这山望着那山高。

对真善美的崇尚，也是泰戈尔哲理诗的重要题旨。《一朵小花》倡导的是爱护弱小的高尚行为。《芒果与甘蔗》借芒果和甘蔗之口道出一个真理：善于学习他人的优点，能够逐步达到完美的境界。《晨月》《树梢与树根》《泥灯》《荒漠》中对晨月、树根、泥灯、雨云的赞美，也是对忠于职守、大公无私的奉献精神的赞美。《渔夫与渔网》《各司其职》《雕弓》的寓意是：社会中有职业的分工，但无高贵低贱之分，人与人之间存在互相依赖关系。《明月有些许污斑》给人的启示是：世无完人，有一分热发一分光，就是实现了人生价值。《土地的回答》阐明了一分耕耘一分收获、幸福要以汗水换取的道理。《终端与肇始》《死亡偷窃生命的衣服》《谁在背后推我》《死亡的怀里》则是形象地阐述了诗人对事物发展规律和生死的哲学观点。

泰戈尔的格言和警句式的小诗中，把对社会对历史的深刻见解，融入习见的现象，凝成诗美形象，富于耐人寻味的哲理。比如：不管身躯怎样旋转，/ 右手在右边，/ 左手在左边。纵观几千年的历史发展，如同身体急速旋转，一时看不清左右手的位置，黑白有时被颠倒，是非有时被混淆，但就像任何人改变不了左右手的位置，真理终归是篡改不了的。需要长篇大论阐明的这个道理，诗人仅以两行诗就说得清清楚楚。这首小诗不仅表明诗人对真理的执着追求，也是鼓励人们要勇于坚持真理、修正错误。

从几首玲珑晶莹的小诗可以看到，诗人步入暮年，思想并未趋于保守，恰恰相反，他的诗心变得益发年轻活泼起来。他预言：压迫者的凯旋门／轰然倾圮，／儿童用废墟的瓦砾／建造一间游戏室。诗人对进步力量战胜反动势力的信念如此坚定，与他进行广泛的国际交往，视野拓宽，特别是1930年访问苏联，受了革命潮流的影响有关。

泰戈尔博学多才，他的哲理诗的涉及面是很广的。他热爱人生，善于敏锐地审视社会现象，经过艺术概括、提炼，揭示事物的本质。他钟情祖国的一山一水，一草一木，他娴熟地状写暮云旭日、芳草碧树、繁星清泉，流溢着浓烈的爱国情愫。他歌唱爱情，他的多首爱情诗融和传统美德和对自由平等的神往，被印度的痴男情女奉为圭臬，他对文学、绘画、音乐表达了他的真知灼见；对年轻一代表示了殷切的期望和真诚的关怀。总之，他的哲理诗，可谓探索世界的总结。

关于题诗和赠诗，泰戈尔曾说，这些作品"是访问中国、日本时开始写的。外国友人要我在他们的纨扇、签名本和手帕上题诗，这便是这些短诗问世的缘由。此后，在国内和其他国家，我欣然接受了同样的要求，渐渐地，这样的小诗多了起来。其主要价值，在于以题写的形式所进行的友好交往。"

1924年，泰戈尔应邀访问中国，在北京、杭州等地发表讲话，回顾中印两国对世界文明做出的巨大贡献，表达加强两国人民友谊的热切愿望。在北京，适逢泰翁64华诞，东道主在东单三条协和礼堂举行隆重祝寿仪式。梁启超致祝词，并为诗人起了一个中国名字——竺震旦。徐志摩为诗人翻译了名字的意思，泰戈尔感动不已，离席起立，双手合十，频频致谢。5月19日，泰戈尔在开明戏院观看梅兰芳表演的京戏《洛神》，演出结束，他亲自到后台祝贺演出成功。翌日，在为泰戈尔举行的送别会上，他应邀在梅兰芳的一柄纨扇上写了一首小诗：

认不出你，亲爱的，
你用陌生的语言蒙着面孔，
远远地望去，好似
一座云遮雾绕的秀峰。

这首诗表明泰戈尔朦朦胧胧地获得了美的享受，也道出了由于语言障碍，难以完全理解人物复杂的内心世界，难以充分领略京剧艺术真谛的一丝遗憾。

在北京为泰戈尔举行的祝寿仪式上，用英语演出泰戈尔的名剧《齐德拉》。林徽因扮演女主角齐德拉，徐志摩扮演爱神。泰戈尔对他们的表演十分满意。离开北京前，泰戈尔应林徽因的要求写了一首小诗：

蔚蓝的天空俯瞰苍翠的森林，
它们中间吹过一阵喟叹的清风。

在泰戈尔眼里，林徽因与徐志摩是理想的一对。据说泰戈尔曾委婉地向林徽因转达徐志摩的缱绻之情，可得知林徽因已与梁思成订婚，看到林徽因毫不动心，一贯恪守婚姻道德的他感到实在是爱莫能助了。

在这首小诗中，泰戈尔把徐志摩喻为蔚蓝的天空，把林徽因喻为苍翠的森林。在泰戈尔的心目中，他们是高贵而纯洁的，但他们中间横亘着难以逾越的障碍，只能像天空和森林那样，永世遥遥相望，永世难成眷属。泰戈尔把自己比作好心的清风，清风的喟叹中流露出当不成月老的无奈和惆怅。

阅读《你的笑颜》《外国花》《樱花》等许多短诗，可以明显感觉到这些也是题诗或赠诗。但根据现有资料，无从确定哪一首诗，是在何种背景下，为哪个人题写的，所以很难做出正确评价。不过，可以确定的是，每首诗背后，都有一个生动故事，有待于泰戈尔文学的研究者进行深入探讨和研究。

如果说泰戈尔寓言诗的艺术特色是故事的情节巧妙安排，语言的通俗晓畅，那么，赠诗和警句突出的艺术特点，则是别具匠心的意象营构，是将抽象深奥的哲理，化为真切鲜明的形象，极大地增强诗的感染力，易于引起读者的共鸣。例如：花苞口含／林野／悠长的诺言。诗人信笔勾勒的画面，是那么幽美，花苞象征着生机勃勃的新生力量或新生事物，悠长的诺言预示光辉灿烂的未来。花苞从林野获得充沛营养，一朝开放，便呈现为万紫千红的美景，那是人们向往的人间天堂。当然，这生动的意象包孕着丰富的内容，抑或别有寄托，它留给了读者施展想象的广阔天地和审美创造的充分余地。

　　泰戈尔各种题材的哲理诗，可谓一本简易人生百科全书，不同年龄段的读者或许能从中得到有益启示。

白开元

喟叹的清风①

蔚蓝的天空俯瞰苍翠的森林，
它们中间吹过一阵喟叹的清风。

云遮雾绕的秀峰②

认不出你，亲爱的，
你用陌生的语言蒙着面孔，
远远地望去，好似
一座云遮雾绕的秀峰。

①　此诗是给林徽因的赠诗。
②　此诗是给梅兰芳的赠诗。

摆脱重负①

小山渴望成为飞鸟
摆脱全身的重负

慰藉的笑容②

亲爱的，我羁留旅途，
光阴枉掷，樱花已凋零，
喜的是遍野的映山红，
显现出你慰藉的笑容。

---

① 1929年3月19日泰戈尔到徐志摩家住了两天，再去日本美国访问。归途中又在徐家住两天，6月13日回国，临别前在一张洒金的大红笺纸上画了一幅水墨自画像，还用铅笔在右上角题了这句话。
② 1929年3月20日，泰戈尔的旅伴年轻诗人杜特书写此诗，赠徐志摩。此诗收入1927年出版的《随想集》。

梦

梦，我心灵的流萤，

梦，我心灵的水晶，

在沉闷漆黑的子夜，

闪射着熠熠光泽。

火花奋翼

火花奋翼，

赢得瞬间的韵律，

满心喜悦，

在飞翔中熄灭。

我的深爱

我的深爱
是阳光普照，
以灿烂的自由
将你拥抱。

随　想

我的随想在路边
开了瞬间的花朵，
观赏的行人
走着走着将它忘却。

时光之海

装着重要工作的船舶
在时光之海上航行，
货物的重量说不定
有一天压得它灭顶。
伏案构思写作的
几首歌曲，轻快，奔放，
留给后人，许能
在时光之海上远航。

005

扬洒花粉

春天乘暖风扬洒
花粉，随心所欲，
未曾想片刻的嬉耍中
结了未来岁月的果实。

大树俯瞰绿荫

大树俯瞰着
静美的绿荫——
是它的眷族，
却无从贴近。

春 意

春意挣脱
冻土昏睡的缧绁，
似闪电疾驰，
催绽满枝新叶。

曙 光

在黑沉沉无底的
静夜的海面，
像漂浮的彩色水泡，
曙光无限地伸延。

蝴蝶只计算瞬息

蝴蝶活着
不计算年月，只计算瞬息，
时间对它来说，
是无比的充裕。

梦 鸟

魆黑的睡眠的洞穴里，
梦鸟筑了个巢，
收集喧嚣的白日
一些遗留的破碎话语。

胆小的奉献

我胆小的奉献
不抱永存谁心中的奢望，
也许你会爱惜地
把它收藏在心房。

天神看孩子们嬉戏

天真的孩子们在
神祇的殿堂欢聚——
天神忘了叩拜的信徒，
入神地看孩子们嬉戏。

甜梦破在春天

你的庭院里白夹竹桃吐蕊，
我的花园里一片绚烂，
痴痴地对视的四目彼此相识，
甜梦破在春天。

天宇伸出双臂

天宇伸出双臂将旷野
拥贴着胸膛，
仍然居住在
渺邈的地方。

"遥远"走到近处

"遥远"走到近处——
已是黄昏，
白昼走得愈远，
离得愈近。

无边的幽暗

哦，无边的幽暗，
这火苗战战兢兢，
消除它可怜的怯懦，
点亮一颗颗星！

微思的彩蝶

我微思的彩蝶
离别灵府，
傍晚是登程的最后机会，
飞进薄暮！

昂首入云的高山

昂首入云的高山，
不看荷塘清雅的玉容。
坚定、冷酷者的脚下，
佳人枉诉一塘衷情。

做光影的游戏

像个孩子与孩子们一起
做光影的游戏!
驾着白云的轻舟,
欢度这清晓吉时!

云彩是岚气的山脉

云彩是岚气的山脉,
山脉是岚气的云彩,
怀着莫名的激情在日月的梦中,
跨越一个个朝代。

013

下弦月

下弦月，你升起太迟，
晚香玉已望得好生焦急。

狂　风

狂风说道：
"火苗，
我要搂你在怀里。"
猛扑上去，
一下子扑灭了
粗野的情欲。

沧海演奏恋歌

深邃、含泪的恋歌，
沧海在演奏，
使隔海相望的两岸
满怀离愁。

天帝在点亮星灯

天帝在暗空点亮了
星灯，
俯瞰人间何时点燃
油灯。

015

天帝与俗人

天帝欲以爱情
建造他的寺庙。
俗人把砖石的胜利
一直砌上碧霄。

航船无限怅惘

空中起风了，
拔不出陷入淤泥的铁锚，
航船无限怅惘，
四顾没有藏脸的地方。

宽恕腻虫

宽恕腻虫，花儿，

它不是蜜蜂，

惊扰你是严重错误，

纯粹是自作多情。

忍受轻慢的泥灯

忍受白昼

轻慢的泥灯，

晓得

夜间将得到火苗的热吻。

阳光下掩盖的悲苦

白日阳光下掩盖的悲苦
默默无声——
入夜在幽暗中燃烧成
闪烁的繁星。

琴　弦

刺耳的喧嚣中
情歌的乞儿——
琴弦，嘤嘤啜泣，
来，操琴弹轻柔的乐曲！

不可言说的苦恼

不可言说的苦恼
孤单地栖于
幽寂梦魂的浓影下
凄清的巢里。

创造的预示

晨曦
萌发爱时，
将花环戴在残夜的颈上。
这就是创造的预示。

019

爱情是心灵的食粮

春天沉迷于花香，

爱情是醇美的酒浆，

花期结束以后，

爱情是心灵的食粮。

踅回的离愁

白日消尽。

坐在幽静的暗处，

我谛听踅回

悠远的黎明之厦的离愁

叩击我的心扉。

凯旋门倾圮

颓败的凯旋门
訇然倾圮，
废墟上，孩子们
在建造游戏室。

流 云

哦，流云，
你做着缤纷的梦游逛，
如赴月宫的筵宴，
你会丧失飘逸的韶光。

百花争妍斗奇

走进花林，
我只看见两个花蕾，
离去时，
春风中百花争妍斗奇。

大海诱惑人心

大海，你以艰险
诱惑人心飞出门户。
你骇人的涛声把人心
推向生死莫测的征途。

苏醒的朝日

拂晓时分，
空中，苏醒的朝日
把新鲜的生命
射向新辟的天地。

停止飞行的萤火虫

落在浮尘上，
萤火虫停止飞行，
它不知天上
有更明亮的星。

落在地上的羽毛

雪白的羽毛脱落
破损，落在地上，
高翔的纪念
不曾镌刻在苍穹。

我写作

我写作，
天帝给予荣誉；
我唱歌，
受到天帝的宠爱。

给你一朵红花

我许诺

给你一朵红花，

可你要整座花坛，

好的，你搬走吧。

小花在枯枝上开放

春天，你来到这里，

似乎是因为迷失了方向，

既然来了，让一朵小花

在枯枝上绽放。

025

玫瑰喃喃自语

仰望着晓日的眼睛，
盛开的一朵玫瑰喃喃自语：
"我永远将你铭记在心。"
说着便渐渐枯萎。

我的欢乐曾遨游天际

天幕上
我没有镌刻飞行的历史，
然而，
我的欢乐曾遨游天际。

冷笑的鲜花

树下爱慕阳光的绿荫
满面羞臊。
饶舌的树叶告诉鲜花，
鲜花一声冷笑。

生命短暂的萤火虫

夜空的繁星
闪射造物主的笑容，
衔来人间的是
生命短暂的萤火虫。

027

群 山

地上的群山
默然远望碧空，
无力攀登的愁烦
充塞心胸。

香花扎上一根刺

唉，你馈赠的香花
扎上了一根刺，
然而，美，我仍微笑着
向你顶礼。

我的爱赢得奖品

啊，朋友，
我的爱不负任何责任，
它自己
赢得自己的奖品。

小人物

小人物不等于能力小，
常常击败庞然大物。
三四个人的作为，
往往比一群人的更显著。

029

真理的笑容

每当真理
在歌中听见自己的心声，
"美"中，
便四射它的笑容。

我的诗花

无形的吉祥的
热吻下，
更加欢快地绽放了
我的诗花。

水　泡

自我封闭的

水泡在空中

破灭，

仍不知它曾在海里出生。

乌　云

乌云瞥见地面昏暗，

不禁潸然落泪，

忘记遮掩

艳阳的正是它自己。

031

变成乞丐的天神

变成乞丐的天神

临门叫道:"给我布施!"

施主蓦然听到的,

是行将致富的消息。

笛 手

情笛等候

优秀的笛手沿路走来,

优秀的笛手

四处寻觅情笛。

无垠的蓝天

无垠的蓝天
扩展着空茫，
大地在上面专心
勾画自己的不朽肖像。

花朵好似微语

花朵
好似微语，
周遭的绿叶，
有如凝固的静寂。

纤小的茉莉花

纤小的茉莉花

既不愁苦也不羞惭，

它心里装着的是

鲜为人知的圆满，

它容春天的音讯

在花瓣下静偃，

它娴笑着肩挑

盛放清香的重担。

古 木

古木
挑着悠悠流年，
像一个浓缩了的
宏大瞬间。

大路尽头

大路尽头
没有我朝拜的殿堂，
我的神庙
矗立在村径的两旁。

035

花林苏醒

地球上花林
苏醒的第一天，
给我的歌曲送来
一份请柬。

付出代价

付出
足够的新生的代价，
自由
立刻把大门敞开。

好心人的罪过

好心人无私的罪过
使世界
受到的伤害最多。

世界的泡沫

冷寂深邃的海底，
世界的泡沫
在破裂在聚集。

"顽固"拧弯钥匙

"顽固"
使蛮力拧弯了钥匙，
只得
用斧头乱砍一气。

世人的诞生

世人的诞生
从夜的暝暗的奥秘
注入日光
圣洁的奥秘的流水。

心曲的飞鸟

我心曲的飞鸟

激奋不已，

今日在你的歌喉里觅巢。

一道曳光

你无所顾忌地嬉闹，

你大方的赏赐，好像

秋夜一颗流星，一刹间

在我的阴晦心空划一道曳光。

一只纸船

我做的一只纸船
在水面上径直地漂荡，
载着我闲暇之日
慵懒的时光。

春天提前来到

春天提前来到冬天的阆苑，
归去，步步回眸。
芒果花急躁地跑到院外，
不归，命休。

丹 青

影把光的回忆搂在怀中，

这，我称之为丹青。

爱情若一味宽宥

哦，爱情，

你若捐弃怨恨，一味宽宥，

那是严厉的处罚。

哦，妩媚，

你若受重击而沉默，

那是不堪的卑下。

天神造物

天神造物,

世界起死为生;

恶魔造的怪物,

被自身的重量压崩。

太初的种子的信息

现代的树上,

古朴的花儿

释放

太初的种子的信息。

旧爱的空楼

旧爱的空楼里，
找不到居室的新爱，
在迷惘的空间
久久徘徊。

金色花

每一朵金色花
把故逝的一朵金色花的情语，
送进
我的心里。

苦恋之火

苦恋之火
在情感的彼岸
划的轨迹
分外璀璨。

移步的征兆在微颤

你独自将谁的爱抚，
溶入晴空的湛蓝？
林中和风吹拂的草叶上，
谁移步的征兆在微颤？

喷薄的朝阳

喷薄的朝阳
扯下雾纱，
红霞独自在暝色的门口
弹琵琶。

远古的祭火

大地远古的祭火
衍变为林莽，
火星
落处，鲜花怒放。

暮空诵念咒语

白日将逝，
暮空面对落日，
拨着由晚星缀串的念珠，
诵念咒语。

爱情的恒久价值

我一天的辛劳
获得一天的酬报。

我的爱情期冀
恒久而至高的价值。

追求爱中的最高价值

每日劳作的酬谢，
我无意保留，
爱中的最高价值，
我执着地追求。

外国花

外国的不知名的花卉
欢迎诗人造访——
"诗人呀，我的国家
难道和您的国家不一样？"

书 虫

啃啮典籍的书虫，
觉得人太愚蠢。
它百思不得其解：
人为什么不嚼书本。

结果的热望

心儿眺望长空，
怀着结果的热望？
满足吧，满足于春花
已在嫩枝上绽放。

雷 神

雷神的情感的影子
嵌在无穷年月的眉宇，
云霭遮暗的晴空
有如他真切的仁慈。

夕阳染红的田野

夕阳染红的田野，
像个熟透的果子。
薄暮乍降的黄昏，
正伸手去折摘。

049

粉蝶与蜜蜂

粉蝶有纠缠
亭亭玉立的芙蓉的闲工夫，
蜜蜂嗡嗡地采蜜
四季忙碌。

白　雾

黎明的四周，
白雾
布下诱惑之网，
昏暗中使之成为囚徒。

启明星

启明星暗忖：
"明丽的旭日只为我一人
照耀。"
红霞说："好，很好!"

你的笑颜

亲爱的，你的笑颜
像不知名的花香一缕，
质朴、甜蜜，
不可言喻。

051

死亡的无谓

死去的，

越是抬高其虚妄的价值，

就越是

扩大死亡的无谓。

征帆的长风背后

鼓满

征帆的长风背后，

枉然

追赶着河岸之心的啼哭。

春天的舞台

在百花竞放的春天的舞台

和广野的绿涛上，

跳着新奇的

"美"之舞的是舞王①。

呵，柯丽②，

他不朽的舞姿，

印在你的身心、柔情、思慕

和一封封香笺里。

---

① 指毁灭大神湿婆。
② 柯丽是雪山女神，湿婆之妻。

金色的诗琴

日光把金色的诗琴，
赠给恬静的繁星，
让它们
弹奏永恒的光明。

虔 诚

像一只晨鸟，
"虔诚"
在残夜不住地啼唤：
"光明，光明。"

高山矗立着

云压雾锁，
高山坚定地矗立着。

白日用过的空杯

傍晚，
白日用过的空杯
丢在星宿的后堂。
子夜
以墨黑将它洗净，
重斟曙光的新酿。

055

清晓的花朵

辞别光照，
清晓的花朵
装扮成晚星，
归来，踏着暮色。

归去的终将归去

门户纵不敞开，
归去的终将归去，
障碍、疮痍，
同时荡涤。

大海的豪放语言

哗哗涨潮时，
海岸同大海轻声耳语：
"请你抒写
你的滚滚波涛欲表的心志。"
大海用泛沫的豪放语言
写了一次又一次，
总感到不满意，
烦躁地擦去。

提炼的精华

新颖，
你从陈旧中
提炼的精华，
珍贵、隽永。

无声细语的含义

幽会的午夜，
大地
品味着笑吟吟俯视的明月
那无声细语的含义。

轴 心

不管轮圈怎样
跳着舞转动，
不引人注目的轴心
默不作声。

夜里灯才放光

白天灯里只有油，
夜里灯才放光。
不要指手画脚地
说短论长。

059

平原支撑着江河

皑皑冰雪

覆盖山冈沟壑，

平原支撑着

雪水聚汇的江河。

咫尺天涯的坚壁

让你的爱慕

穿破

咫尺天涯的坚壁，

看得清我！

花苞在恳求

听！
青林里的花苞在
恳求红日：
"照开我的眼睛！"

沃土下禁锢的欢乐

沃土下禁锢的欢乐，
化为菩提树枝上的绿叶簇簇，
在风中自由地摇晃，休息；
于是凄寂的暗梦有了形体，与光共舞。

061

灵魂永射的光辉

日光

在夜的深处失落，

"幽黑"沉思的眼里，

亿万颗星星闪烁。

用灵魂

永射的光辉

弥补无光的外界

无望无慈的损失。

离情之灯

让离情之灯经常
放射
回忆欢聚的不灭柔光。

夕阳的百瓣光莲

暮霭里
夕阳闭合的百瓣光莲，
带着新的诗章，
带着不倦的新的希望，
重新绽放在新的地平线上！

人生之书

人生之书，
许多页空无一字；
用你的思索
加以充实。
让书里隐居的诗人
状写极乐之地！
让神灵的圣音
拓展你的想象力！

凡人编的花环

天神想戴

凡人编的花环，

所以往原野的怀里

扔了一只花篮。

含苞欲放的素馨花

凝望初升的太阳，

含苞欲放的素馨花

喃喃自语："我几时开放，

也像太阳那么硕大？"

065

我的晚灯

我的晚灯颂扬
夜空的星光。

落 日

落日，将金冠
置于起航的暮云之舟，
卸去首饰，
走进死亡之神的天祠，
无声地稽首。

露珠之链

秋草之针串成的露珠之链，
转瞬即逝，它的地位
在人世的意趣中永固；
君王的冕旒时刻在销蚀。

夜间使用的灯

夜间
使用的一盏灯，
白天
受到我的怠慢。

067

春 风

春风啊，
娇嫩的花儿已被你忘怀？
为何许久在都市的街上
踟蹰，扬卷尘埃？

未 知

啊，未知，我的目光
在你的眼里找谁？
跨越时代的熟悉期盼
莫非躲在你乌黑的眼底？

暖 风

暖风，你从南国
送来花神的苏醒——
你一踏上归程，
林径上尽是残红。

林 籁

露湿的飒飒林籁
为何焦躁？听似
晓梦中无名情人的
窃窃私语。

069

梵 音

入定者^①的梵音融入我的心律，
我认识了他也认识了我自己。

鸿 雁

啊，组字的鸿雁——
冬日朔风的旅伴，
高翔的琼浆，你一路畅饮。
远方的迷梦
充溢碧天的柔情，
告诉我你的欣喜如何融入乐音？

————
① 指梵天。

日暮的额上

在日暮的额上，
描了血红的光痣，
方向女神捂着脸，
无声地啜泣。

蒺 藜

蒺藜里含有我的过失，
我的花儿未犯错误。
让亲爱的蒺藜伴随我吧，
花儿你只管摘走。

柔弱的灯火

让我静听
你窗前柔弱的灯火，
操夜阑幽寂的竖琴
弹什么音乐。

孤　树

城里的马路边
一株孤树的耳朵里，
热风为什么送入
山林阴凉的消息？

樱 花

樱花啊，
你园里漫步的佳丽
对我的素馨花说：
"我认识你。"

穷汉的茅舍里

富翁的楼寨像凶恶饕餮的天狗，
资财压麻双臂。
穷汉的茅舍里不用臂膀的拥抱，
奇怪地浮上脑际。

073

洪 波

洪波万顷
似发悲鸣，
乞求沉寂的星空
赐予一吻。

浮 云

命蹇的浮云
身披的朝霞的金光，
在黄昏前丢失，
悲酸地流浪。

晓 月

晓月说道：
"启明星哟，
你看夜色
步步退却，
离别之时
为什么你
款款走来，
面带笑意？
一抹晶洁
直透幽暗，
顿时模糊
我的视线。"

落 花

风暴中的落花在心里说：
"人间的春天已经衰落。"

该有的均会到手

天上的星辰以为数得完，
数着数着，夜色阑珊——
千挑万选，一无所获。
如今明了无意索求，
该有的均会到手。
注望沧海吧，舀，永不干涸。

仿佛又不认识

你不泄露你的苦闷，
亲爱的，以心
认识了你，
仿佛又不认识。

百合花

百合花，
我用你编的花条多么亲昵，
可是你
仍保持着他乡的丽质。

冬 季

冬季，你盼望着花事，
盼望着累累硕果，
法尔衮月①夜里提前开的花，
不结果就凋落。

我的树荫

我的树荫，
是为道上过往的休息片时的行人；
我瞩望大路，
我树上的水果为我常年等候的而成熟。

---

① 印历11月，公历2月至3月。

束手就擒的火焰

束手就擒的火焰，
在树心、花叶、果实里生存，
无耻、狂烈的火焰不受束缚，
死于惨败的灰烬。

森 林

森林
把香花献给皓月，
海洋
为自己的虚茫而哽咽。

079

笔

笔不理会哪个手指
支配它写字，
也不懂字的意思。

抨击谬误

你抨击谬误
不遗余力，
可为何不展示
珍贵的价值？

胸　饰

露珠的眼里，

丽日是晶亮的胸饰。

阳光的骄傲

阳光的骄傲

洒遍九天，

在草叶上

一滴朝露里

发现了自己的极限。

天 宇

天宇不布设拘捕
月亮的罗网，
自己约束自己的月亮
独来独往。

剃头刀

剃头刀
正以残忍的寒光一闪。
讥嘲
曙光的扩展？

没有依托的"一"

没有依托的"一"
是虚无，
"二"问世了，"一"
才起步。

"黑暗"眼里的"一"

"黑暗"眼里，
"一"等于万物。
"光"观察"一"，
从不同的角度。

083

承认差异

承认差异，

团结方能实现，

试图消灭差异，

差异有增无减。

生命的特质繁多

生命的特质繁多，

死的定义相同，

神祇假如绝灭，

宗教只剩一种。

欣赏名花的眼睛

愿欣赏名花的眼睛，
也正视
他人视而不见的
荆棘。

脚踹灰堆

脚踹灰堆，
嘴和眼睛倒霉，
泼一盆水，
足以制服讨厌鬼。

博 爱

乐善好施者，
只站在门口，
心里有博爱，
走进千家万户。

常受指责

人该做事，
这话不错，
但干事的，
常受指责。

休 息

休息
活跃于工作，
碧波里
轻漾着海的静默。

向日葵

向日葵的花盘上，
大地描绘旭日的肖像，
几番不如意——
索性又把另一株培养。

浓 雾

浓雾素无
影的语言渗入光里的机遇。

荒 漠

荒漠
年年陷入颗粒无收的困惑。

骆驼刺

荒凉的沙漠里，
只生长骆驼刺，
情操匮乏的地方，
蔓延着嘲谑。

青山的遐想

青山的遐想
化为白云的游逛。

收 获

来自远方的收获
比近处的更贴近心窝。

荒 唐

荒唐！荒唐！
将人打瘸背在背上，
称为善良。

行 善

那些忙于"行善"的
顾得上纯净品质?

镜子里的傲岸

望着镜子里的虚形而傲岸
是绝伦的荒诞。

名 声

名声如果高于实际，
对真实的你低下头去。

领会新生的意义

新生事物诞生之时，
在旧事物的心中
领会新生的意义。

安恬在工作中间

萎靡的空虚的消闲中
没有安恬，
安恬在实实在在的
工作中间。

从黑夜的彼岸

从黑夜的彼岸，
朝阳携来庄严的梵音。
霞光的拥抱中，
苏醒了奇妙的清新。

093

漫游的花林里

我作为宾客漫游的花林里
开了一朵玫瑰——
"不要忘记我！"
说着凋谢坠地。

精神食粮

扶犁耕种，
生产的稻米充填饥肠，
捉笔耕耘，
纸上收获精神食粮。

094

处 子

像未熟的坚果，
处子，你的芳心
披裹的厚涩的羞怯，
妨碍你献身。

幼稚的心儿

幼稚的心儿，
知否，你犯的过错？——
繁星中间，
你哭着寻找落花一朵。

095

暮 云

暮云将金粉
赠给夕阳，
苍白的微笑
留给初升的月亮。

林 泉

一似澄净的林泉，
让你透明的心
在你的旅途
唤醒悦耳的歌声；
淙淙地前行，
和大江一样丰满，
两岸处处生长
你葱绿的奉献！

096

未知之笛

未知之笛吹出的情曲，
在高空缭绕，
飞禽走兽听不见，
凡人日夜寻找。

一对明星

夜空的一对明星
比肩联袂，
前往"无限"的寺院，
参加晨光的聚会。

云天的吻雨

云天的吻雨，
绿原转给花儿。

饥 民

流离失所的饥民遥望天际，
呼唤天帝。
哪个国家应答的天帝在黎民心间，
以威武、艰难、恐怖、悲惨的面目出现，
哪个国家消除贫穷，
走向繁荣。

迥异的画

一幅幅风格迥异的画，
由金云画在天穹，
但从不在上面
署名。

冬天的阳光

冬天的阳光
悄悄潜入地下，
被法尔衮月呼出，
变成繁花。

活动室

今日竣工的活动室，
明日被忘记——
泥土上的娱乐，
被风尘遮蔽。

奇葩

奇葩不谙
芳馨的价值，
轻易获得的，
随随便便舍弃。

悠长的诺言

花苞口含

林野

悠长的诺言。

贡　献

一旦贡献

成为圆满的真实,

"美"的形象

便清楚地显示。

101

春 神

来吧，春神！

推开贞静、娇柔的

花蕾幽秘的心扉，

唤醒蜷眠的艳丽；

一片片绿叶上，

挥动彩笔

潇洒地书写

孕育果实的偈语。

太　阳

太阳不在碧空
遗留足印——
不停地行走，因此
万世长存。

心灵之星

闪射理想之光吧，
心灵之星！
把光流注入明天的
暮霭之中。

103

倾吐芳思

花儿藏在绿荫里
向南风倾吐芳思。

赞 颂

榕树、菩提树，
像信徒们虔诚的心。
构成它们魁伟的轮廓，
是肃穆凝思的绿荫。
四海漂泊的南风，
对它们沙沙地赞颂。

104

过 客

往返的道路

从扶桑伸向桑榆，

一群群过客

哭的哭，笑的笑，衣着各异，

费力在尘土上

写下的姓氏的痕迹，

天色未暗，

与灰尘一起飞逝。

膜拜天帝

借助兄弟坦诚想见的光芒，
天帝的笑脸，我得以瞻仰。
把心融于兄弟的情谊，
我双手合十，膜拜天帝。

波 浪

波浪，你活跃、豪爽，
忽起忽伏如曼舞蹁跹。
凉风吹得多么热烈——
归途中轻舟方向不辨。

无上价值

我祭拜神灵的
无上价值，
在于不祭拜神灵
也不受惩治。

朝 阳

黎明，
红艳艳的朝阳
俯视、祝福
幼苗的成长。

107

欢翔的鸟儿

欢翔的鸟儿
在寥廓的晴空，
不用字母写下
一串串心声。
我的思绪
飞行，啼啭，
双翼的欢愉
流出笔端。

转 化

嘈杂的白昼

走进夜阑。

潺潺的清泉

流向海边。

春天不平静的花儿

欲成为果实。

"偏激"朝着完美的"缄默"

坚定地走去。

怕丢鞋

为怕丢鞋，
有人圆睁双目，
死死盯着
行摸足大礼的手。

小草无言的服务

红莲开在深水处，
谁冒死采摘？
小草无言的服务，
在众人的脚底。

110

梦绕魂牵

相距不远，
难得一见。
远走天涯，
梦绕魂牵。

黑夜身上

四周的黑夜身上，
刻着"禁看"，
远空的一轮明月
清晰可见。

111

花的绚丽

花期结束，
花的绚丽
化为甘汁，
躲在果实的心里。

陨　星

是哪颗陨星
坠入我的心房，
使我的心曲的泪泉
汩汩流淌？

果 树

果树给予水果，

不是为还债，

施舍在它

是生活的同义。

一群群行人

采食果实，

它的荣誉大大

超过他们的获取。

万年的回忆

片时的情曲，
万年的回忆。

自己点燃灯烛

自己点燃灯烛
照亮
自己选择的道路！

我赠送的歌曲

我赠送的歌曲，

如觉得太重，亲爱的，

只管划掉我的名字。

施舍水果的大树

施舍水果的大树，

牢记心里，

染绿心灵的芳草，

常被忘记。

115

春 雨

春雨
写在绿叶上的故事，
冬季飘落，
与泥土融为一体。

蒺藜的数字

蒺藜的数字
充盈嫉妒，
花儿呀，你
切莫点数。

真理憋死

"顽固"用手掌
守护真理，
用劲攥住，
不知真理何时憋死。

倦　笔

我手中倦笔的
最后希望——
诗行沉入
平静的冥想。

117

用光影创造的

身心创造，
必将泯灭的实体，
用光影创造的，
留下永久的魅力。

坐着揣测

你不给钟上弦，
坐着揣测：
"也许，是太阳忘了时间。"

118

浮云飘远

浮云炮制

俘获皓月的诡计，

皓月吹响万能的法螺。

咒语射穿黑影，

净化的浮云飘远，

像月辉的泡沫。

两只脚铃

走，走，脚步

越迈越急促——

林径上两只脚铃

摇响焦灼的爱慕。

119

思恋的电光

思恋的电光
从眼射向眼——
秘密的使者
由心儿派遣。

遮盖玉容

你想方设法
遮盖你的玉容——
但不受制约的神思
展翅飞出了你的眼睛。

凶猛的爱

虫豸侵占
蜜蜂的权利——
它凶猛的爱
逼得鲜花垂首心悸。

手擎"已知"的苇笛

手擎"已知"的苇笛，
未知
吹着不同情调的
乐曲。

121

生命的奥秘

生命的奥秘
注入死亡的奥秘，
熙攘的日光
在静穆的繁星间凝聚。

生命之灯

让你生命之灯的光华的
祝福，
在黑夜的昏迷中积蓄
彻悟！

泉 水

从大地的心底
涌出滚烫的泉水——
阳光下为何轻弹
秘藏的眼泪!

海 浪

涌动的海浪
仰望着高空的艳阳,
叫道:"那玩意儿,
谁摘下给我玩赏?"

123

细浪的心语

大海一次次以浮沤
记录、揩去
它欲领悟的
细浪的心语。

情 债

你的完美
是一笔债，
我终生偿还，
以专一的爱。

繁星的情语

通宵，

苍翠的树林里，

花蕊里泄露

繁星的情语。

莫改尺度

真想恰如其分地

确定不足——

借善意之光审察，

切莫擅改尺度。

125

失水的流云

失水的汇集的流云
在地平线
写道："满天的清闲
今日在人间。"

重荷与诱惑

白天的时辰逝去，
肩扛繁忙的重荷。
黄昏之舟载来光影，
载来彩色的诱惑。

时 空

昼夜不眠，
时空急切地等待
无人知晓的、
尚未抵达的、
超乎想象的陌生的未来。

两 岸

两岸聚集着
无数心神不定的精灵，
中间回荡着
无底大海沉郁的歌声。

127

痛苦之灯

点亮痛苦之灯，
照亮贫瘠的心田！
永世晶洁的宝石，
兴许蓦然发现。

忧　思

忧思如同雨夜——
细雨霏霏，
无休无止。
欢悦有如电光闪烁——
灿然一笑的使者。

砚 台

砚台翻身

趴在纸上，

"我画了黑夜。"

得意洋洋。

明月有些许污斑

明月说："我的清辉洒向了人间，

虽说我身上有些许污斑。"

将错误挡在外面

关门将错误挡在外面，
真理叹道："叫我怎样进入圣殿！"

左手与右手

不管身躯怎样旋转，
右手在右边，左手在左边。

昂首的水草

水草昂起头说："池塘，请记录，
我又赐给你一滴清露。"

回　声

袅袅的回声讥嘲声源，
是怕欠声源的债被发现。

卓越与中庸

"卓越"神情坦然与"低贱"同行，
独往独来的只有"中庸"。

蝙　蝠

蝙蝠一有机会就大声嚷嚷：
"你们知不知道我的敌人是太阳?!"

钟与时间

时间说："我创造了大千世界。"
钟马上说："我是你的创造者。"

工作和休息

工作和休息，
恰似眼珠和眼皮。

生死一起做游戏

生死一起做生活的游戏，
如同走路，脚触地又抬起。

飓　风

肆虐的飓风挑起大战——
结局如何？和风徐徐凯旋。

灰 尘

灰尘，你弄脏了万物洁净的面容，
这罪咎你能否认？

树梢与树根

树梢说："我高大，你矮小。"
"很好，愿此长久。"树根笑笑说道，
"你在高处春风得意，
我为之自豪的是将你稳稳地举起。"

马蜂与蜜蜂

马蜂说："筑个小小的巢，
蜜蜂呀，你就这样骄傲。"
蜜蜂说："来呀，兄长，
筑个更小的让我瞧一瞧！"

"二十七"与"一百二十七"

"二十七"，你为何不变成"一百二十七"？
你一变，口袋鼓鼓的，骨头里更惬意。"
"二十七"说："是钱数，在口袋里欢聚，
可是，先生，这数字若是您的年纪？"

干渴的驴

一头干渴的驴走到池畔，
"呸！一池黑水。"叱骂着转身离开。
从此所有的驴都说池水是黑的，
唯独饱学之士说池水清澈洁白。

芒果树与药西瓜

芒果树说："药西瓜，老弟，
原始雨林里，我们是平等的，
人们选择，依照各自的兴趣——
平等消失，产生了价值差异。"

137

褡裢与钱袋

乞施的褡裢责怪小钱袋：
"你为何忘却你我属同一血缘？"
钱袋不悦地回答："你忘了
我的一切倒进了你的褡裢？"

一朵小花

墙缝里长出一朵花，
无名无族，纤细瘦小。
林中的诸花齐声嘲笑，
太阳升起对他说："兄弟，你好！"

黑浆果

"你黑!"听罢讥笑,黑浆果俯耳说:

"见过我的无不说我黝黑,

然而,宝贝,为何只看外表?

吮吸才知我滋味的甜美。"

硬 币

瞎眼硬币弓着背对卢比①说:

"你不过16安那②,不是5塞格③。"

卢比答道:"这是我真正的价值,

而你的身价已不像你宣扬的那么多。"

139

---

① 印度货币单位。

② 1卢比等于16安那。

③ 1塞格等于4安那。

蚯 蚓

蚯蚓说："地下土壤的肌肤黧黑。"
诗人厉声呵斥："闭上你的嘴！
你一生享受土壤的甘汁，
调侃土壤会提高你的地位？"

煤油灯

煤油灯的火苗对泥灯说：
"叫我哥哥，扭断你的颈脖。"
说话间皓月升上了青空，
煤油灯央道："下来呀，大哥！"

乞丐的褡裢

乞丐的褡裢叫喊："喂，钱袋，
你我兄弟之间只有极小的差别——
来，互通有无。"钱袋生气道：
"极小的差别当首先消灭！"

自尊与奉承

"自尊"空手而归，高高兴兴。
"奉承"问道："你得到什么赏赐?"
"自尊"回答："在心里，无法展示。"

141

"奉承"说："我捞到的在手里。

白发与黑发

"白发竟然比我赢得更大的声望!"
黑发想着懊丧地叹气。
白发说:"拿去我的声望,孩子,
只要你肯给我你迷人的乌黑。"

芒果与甘蔗

"芒果,告诉我你的理想。"
芒果说道:"具有甘蔗质朴的甜蜜。"
"甘蔗,你有什么心愿?"
甘蔗回答:"充盈芒果芳香的液汁。"

发丝与手脚

爬上头顶的一绺发丝晃悠悠地说：
"手脚犯了一个又一个错误。"
手脚笑道："哦，无错的发丝，
我们有错是因为终日忙碌。"

"美好" 与 "至美"

"美好"问道："哎，至美，
你住在天上哪座辉煌的宫宇？"
"至美"滴泪道："唉，我呀，
住在无能的骄傲者的嫉妒里。"

143

河与沼泽

沼泽说："诸河滚滚而来，
为我撞破了脑袋。"
食客谄谀道："您是至高的皇帝，
诸河前来进贡河水。"

爆 竹

爆竹咧着嘴说："诸位，我多么勇敢，
嘭叭升空给明星脸上抹了把灰。"
诗人说道："明星未被玷污，
地面上，一撮纸屑已随你回归。"

144

夜与油灯

望见一颗星陨落，油灯笑得发颤，
说："荣耀之光落到如此可悲的下场！"
夜说道："笑吧，得意地嘲讽吧！
趁残油几滴还未全烧光。"

霹雳

霹雳说："我漫步云天的时候，
我的轰鸣被称为云吼，
我的光成为闪电的代词，
轰击头顶，人们才承认，'这确是霹雳'。"

145

鼻子与耳朵

鼻子说："耳朵从不闻气味，
和两只耳环是一个家族。"
耳朵说："鼻子从不听人说话，
睡觉讨厌地打呼噜。"

箭与棍棒

箭①说："我轻捷，棍棒，你笨拙，
你朝暮伫立着，挺胸突肚。
哼，不要辩解，学做我的工作——
别再敲头颅，狠狠地束腹！"

146

---

① 诗人把箭喻为诗，棍棒喻为散文。

路与车

车水马龙，人如密林，热闹非凡。

路上信徒们下跪，虔诚膜拜。

路想："我是神。"路想："神是我。"

偶像思忖："我乃神。"笑煞了命运的主宰。

人造金刚石

人造金刚石自诩：

"我伟大无比。"

听罢我产生怀疑，

"看来你不是真的。"

147

扔泥浆

从下面的泥潭，

你往上扔泥浆，

坐在上面的人，

个个遭殃。

仁慈与感激

"仁慈"和蔼地问：

"你是谁？缄口不语。"

眼里流出潮湿的回答：

"我是由衷的感激。"

崇高与渺小

没有毅力
 使自己臻于崇高，
能将崇高
贬为渺小？

渔夫与渔网

渔网说得斩钉截铁：
"我不再捞稀泥！"
渔夫叹口气说：
"从此再也捕不到鱼。"

149

棍子与木条

棍子骂木条:

"你又瘦又细!"

木条骂棍子:

"你胖得出奇!"

回　报

荒漠说:"你为贫贱者降下充沛的甘霖,

我如何报答你的大恩大德?"

雨云说:"我不需要报答,荒漠,

只要你长出我赠送的绿色快乐。"

150

南 风

一缕芳菲落拓不羁，
花儿摇摇头唤它返回。
南风说："游离你它芳香扑鼻，
你幽禁的，我不承认是芳菲。"

晨 月

旭日东升，消退了晨月的风采，
然而晨月语气平静地说：
"我在坠落的海滩等待，
向喷薄的太阳稽首礼拜。"

151

箴 言

"箴言"说："每回见到你，'工作'，
我为我的抽象而羞惭。"
"工作"坦诚地说："深刻的'箴言'，
我觉得我很苍白，在你面前。"

泥 灯

"谁来继续尽我的责?"夕阳高声问。
沉寂的世界如静画一帧。
一盏泥灯奋然答道："大神，
我愿尽力挑起你的重任。"

152

河的两岸

河的此岸暗自叹息：

"我相信，一切欢乐都在对岸。"

河的彼岸一声长叹：

"也许，幸福尽在对岸。"

为夕阳哭泣

为夕阳西坠

哭得声哽气绝，

夕阳不会归来，

明星黯然失色。

153

花儿与果实

花儿焦急地问："喂，我的果，
告诉我你可曾成熟，快告诉我！"
果实回答："先生，你嚷嚷什么，
我始终在你的心窝。"

大海的座右铭

"呵，大海，说说你的座右铭？"
大海回答："无穷的好奇心。"
"诸山之魁，你为何默默无声？"
喜马拉雅山答道："这是我永恒的无语反应。"

雕 弓

箭矢暗忖："飞吧，我有自由，

只有雕弓爱死守一处。"

雕弓笑道："箭啊，你忘了

你的自由由我管束？"

木棉花

"众人申斥你是无媚之花。"

木棉花听罢笑着开了腔：

"不管诋毁持续多久，我默默地

绽放，显示美好的形象。"

155

花苞的恳求

花苞睁开眼睛，环顾大地——
大地葱绿、清新、秀丽，充满温馨、旋律。
它恳切央求："哦，亲爱的，
只要我活着，你跟我生活在一起。"

贬　褒

"贬褒"诘问："品德先生，
我俩谁是你的至交？"
"品德"回答："你俩是朋友也是敌人，
试图区分只会使脑汁白白地消耗。"

156

亲 疏

灰烬说："火焰是我兄弟。"

青烟说："我和火焰是双胞胎。"

"虽不是一家。"流萤在空中开了言，

"比起你俩，我与火焰更加亲密。"

竹 笛

竹笛说："我没有丝毫光荣，

我的声音全仗嘴吹气。"

气说："我缥缈无定，

素不知笛手姓甚名谁。"

157

苏醒的花儿

夜悄悄降临花枝，

催开花苞，悄悄踏上归程。

花儿醒来说："我属于晨光。"

"你说错了。"晨光当即纠正。

"一"成为众多

"一"成为众多局面如何？

现有的众多复归为"一"。

此时的忧戚全部消除，

彼时的愉悦皆变为忧戚。

158

谁在背后推我

我问命运："谁老在背后把我往前推，
以残酷的难挡的膂力？"
命运回答："你回头看。"我驻足回视，
是方逝的我把我朝前推。

现映宇宙的轮廓

大地说："白天的艳阳下，
除了我看不见别的什么，
夜里当我消隐，虚渺中
现映宇宙荧荧的轮廓。"

播种的最佳时节

雨日阴郁、迷蒙、暝暗，

孤独的农夫啊，快走出茅舍！

沙漠般龟裂的心田已经湿软，

正是播种的最佳时节。

互惠的做爱告一段落

娇柔的丽人对我说：

"联结你我的温情地久天长。"

互惠的做爱告一段落，

清晨她催促："还不起床！"

奉献是出于真心

英雄慨叹道："啊，世界！啊，世人！
不要谋划如何诓骗我的东西，
我奉献是出于真心，
比你们要骗的多一百倍。"

被篡改的涵义

世界严肃地说："我没有虚伪，
一切明明白白，苦乐、生死……
我每天讲真话，
可你们接受被篡改了的涵义。"

161

终端与肇始

终端说："总有一天万物绝灭，
肇始啊，那时你的自豪分文不值。"
肇始心平气和："兄弟，哪里是终点，
哪里又衍生开始。"

死亡偷窃生命的衣服

"我熟悉人寰。"狡诈的死亡说着，
偷窃生命的衣服，
偷走一件，天帝的恩惠，
又使另一件进入凡人的房屋。

夜吻着日暮的脸

夜吻着日暮的脸说：
"我是死——你的母亲，不要怕我，
我给予每个消逝的日子
一次再生的机会。"

眼睛得到的厚爱

白天眼睛为其视力沾沾自喜，
入夜，扑簌簌落下泪滴。
它对阳光说："此时我明白，
我看见你全靠你的厚爱。"

163

一束亮光

我是一束亮光，

照耀的时间实在太短。

我澌灭于顷刻之间，

无始无终的幽暗啊，你永驻人间。

素馨花与星星

素馨花说："我凋落了，星星。"

星星说："我已完成自己的使命。"

天空的繁星，林中的素馨花，

挂满夜阑的离别的枝杈。

男女对话

男人说："我们是英雄，为所欲为。"
女人咬咬舌尖："羞死，羞死!"
男人揶揄："你们步步受阻。"
诗人插口说："所以她们娇柔。"

辛酸的骄阳

骄阳耳闻责备，辛酸地说：
"做什么才能得到大家的赏识?"
天帝答道："离弃太阳系，
为平民做些平凡的小事。"

165

收纳与赠予

合拢的手说："谴责者，
我的谦逊不仅表现在收纳之时。
接物双手固然合拢，
赠予时掬着的手掌里也是满满的。"

死亡的怀里

哦，死亡，你若是虚幻，
世界毁灭在片刻之间。
你体态丰腴，人世
在你怀里摇晃，像个孩子。

166

人世的游戏场

"长大成人,"稚单寻思,
"我买下市场所有的玩具。"
长大了对游戏不屑一顾,
双手梦想搂抱金银宝珠。
暮年,难道不把一切看得淡泊,
人世的游戏场抛在身后?

施 恩

"施恩"沮丧地说:
"我赐物,无人回报。"
"同情"坦荡地说:
"我给予,从不索要。"

167

君主与正义

君主暗喜："用新的法律手段，
我创造正义。"正义驳斥道：
"我古朴，是谁给了我生命？——
非正义，才是你的新创造！"

梦和真理

梦说："我享有充分自由，
决不尾随法则行走。"

真理说："所以你缥缈无踪。"
梦一听怒气冲冲：
"你是亘古的铁链捆住的囚徒。"
真理说："所以众人冠我以真理的美名。"

雾和云彩

雾抱怨说："我在近处，
因而你对我轻慢——
云彩在天空漫游，
居高临下，神气活现。"
诗人正色说道："雾呀，
仅为这个你有怨气？
云彩及时降落雨水，
你只散布虚情假意。"

海的争辩

碧草、庄稼不长的海呵，

占据了地球的一大半，

你没日没夜地狂舞，

你有何脸面活在人间？

海争辩道："假如我

真像你说的那样一件正事不做，

是谁从陆地丰满的乳房

引出甘美的江河？"

铜罐里晃荡的水

铜罐里的水晃荡着说：
"喂，无边的海洋，
瞧你周身黑乎乎的，
而我透明，闪闪发光。
凭借圆小的真实，
我说话多么清脆！
你虽是浩瀚的实体，
却罩着淡青的岑寂。"

绝断尘缘

爱情说："你的本性

是虚假，哦，'绝断尘缘'。"

"绝断尘缘"说："哦，'爱情'，

你虽是高雅的梦幻，

我仍奉劝你走解脱之路，

割断绵绵的情丝！"

爱情说："照你说的那么做，

我便与你合二为一。"

各唱各的调

死亡说："我需要子嗣。"

小偷说："我眼红钱物。"

命运说："你们珍爱的

一切我都爱收贮。"

中伤者阴毒地说：

"我伸手夺取你们的名誉。"

诗人环顾四周问道：

"谁来分享我的欢愉?"

有人欣喜有人悲伤

斯拉万月①铜钱大的雨点

叭叭打着素馨花叫喊：

"啊哈，我死在

谁的死亡的河岸？"

阵雨哗哗地说道：

"圣洁的我飘落人世，

一些人欣喜若狂，

一些人受到惨痛的打击。"

---

① 印历4月，公历7月至8月。

篱笆与竹林

竹枝编的篱笆问道：
"哦，爷爷，竹林，
你为什么老低头躬身？
我们天天昂首挺胸，
尽管在你的家族中，
我们是纤小的枝条。"
竹林回答："这是老少之别，
躬身绝不意味着渺小。"

两副面孔

斧头说："红木，
你应慷慨对我布施！
我至今没有木柄，
快给我一根柯枝！"
一旦柯枝制成精巧的木柄，
乞施者再无乞施的忧思，
树根上接二连三地猛砍，
可怜的红木倒地咽气。

芒果树与灌木

芒果树对灌木说："兄弟，
你为什么甘愿化为炉灰？
唉，唉，朋友，你真命苦。"
灌木神情坦然："我毫不悲切，
芒果树，你活着结果累累，
而我的功绩在焚烧中放射。"

谁胜谁负

自负的马蜂和蜜蜂

激烈地争论谁有能耐，

马蜂说："千百条证据

证明我蜇人比你厉害。"

蜜蜂一时语塞，急得落泪。

森林女神悄悄地劝慰：

"孩子，干吗垂头丧气？

蜇人你认输，酿蜜你争取夺魁！"

各司其职

伞发牢骚："哼，头颅先生，
我无法容忍这样的不公平——
您悠闲地游逛集市，
我为您顶烈日，淋暴雨，
您若是我作何感想，老兄？"
头颅回答："理解他的作用，
他的智慧使田野稻谷飘香，
保护他是我唯一的责任。"

蝴蝶与蜜蜂

我是双翼绚丽的蝴蝶，

骚人墨客对我不理不睬，

我大惑不解地问蜜蜂：

"你在诗中不朽凭什么德才?"

蜜蜂答道："你确实漂亮，

但娇美的容颜不宜宣扬。

我采蜜讴歌的品行，

征服了花和诗人的心。"

土地的回答

耕种，才长庄稼让我收割，

土地呀，你为何这样吝啬？

哦，母亲，含笑施舍吧，

为何非要我下地干得汗如雨下？

不劳动，给予粮食算得上过错？

土地微微一笑，说：

"那样会扩大一些我的知名度，

但你将丧失你的人格。"

平原和雪山

广袤的平原愤愤地说：

"集市上堆满我的粮食和水果，

摩天的雪山不做事情，

却称王高踞峭岩的御座。

我一点儿也不明白，

天帝怎么允许不公平存在。"

雪山说道："假如我也是平芜，

从哪儿倾落含福的瀑布？"

大海的奥秘

啊，大海，洪波巨浪装在胸中，
风起，你跑得快捷而轻松；
融和千百道可怖的闪电，
你澄蓝的眼睛却令人迷恋。
请对我昭示你那般轻易地
做成不可思议的难事的奥秘！
这时天上乌云在隆隆地自语：
"我不知道海里蕴藏什么奇迹。"

缝叶鸟与孔雀

缝叶鸟说："一遇见你，孔雀，

同情的泪水就涌满我的眼睛。"

孔雀问："唔，缝叶鸟先生，

你为我伤感是何原因？"

缝叶鸟答道："你身子太小，

彩翎太长，极不协调，

彩翎是你行动的一种妨碍。

你看我朝夕飞翔，轻盈自在。"

孔雀说："不必如此辛酸，

须知荣誉的背后难免有负担。"

啃书的蛆虫

《摩诃婆罗多》^①里有条蛆虫，
封面封底之间啃一个黑洞。
学者翻开书揿住它的脑袋，
怒斥道："你为何恣意破坏！
磨砺牙齿填饱你肚皮的
粮食泥地上比比皆是。"
书虫说："您何必大动肝火，
书里除了黑斑还有什么？
让我里里外外吃个痛快，
反正我不懂的都是糟粕。"

---

① 印度史诗。

哈巴狗摇尾巴

摇摇尾巴，哈巴狗不能容忍，
尾巴的影子也在镜子里摇动。
乜视奴仆为主人打扇，
哈巴狗寻思这是罪愆。
林木摇曳，水波乍起，
哈巴狗见状愤怒地狂吠。
它自信它纵入主人的怀抱，
天界、人间、地狱立刻晃摇。
主人的残羹，吱吱地啜吸，
世上它一条尾巴摇得最得意。

乞求恩惠

花匠从早到晚做花环，

联结花茎，穿针引线。

针伤心地说："姐姐，茉莉，

每日我刺伤许多花枝。

穿透一缕缕幽香，

磨破了头，却无补偿。

天帝脚下我双手合十乞求恩惠：

让我变成不伤他人的花卉。"

茉莉叹口气："你的心愿

倘若兑现，我也免遭灾难。"

挑拨离间

宠妃奏道："陛下，谪妃
诡计多端，识破不易。
陛下恩准她迁居牛厩，
这贱妇竟仍不知足，
为了挤喝陛下那头黑牛的奶，
她欺瞒陛下，花言巧语。"
皇帝大怒："贱妇生性诡谲，
如今如何防止她偷窃？"
宠妃再奏："唯一的法子，
望陛下将牛奶赏给臣妾。"

吵 架

发髻和乱发吵架，

招来一群人看笑话。

发髻说："乱发，你丑陋之极！"

乱发说："收起你的老爷架子！"

发髻说："秃顶我才高兴。"

"剃光你！"乱发怒气冲冲。

诗人从中劝解："想想吧，

你俩是一家，本是一家！

你俩是患难兄弟，美发脱落，

发髻，你如何吹响胜利的法螺？"

自吹自擂

失水的薄云雨季结束时，
蜷缩在晴空的一隅。
满盈的荷塘见此情景，
嘻嘻哈哈，冷嘲热讽：
"喂，瘦骨嶙峋的穷汉，
如今你无家可归，一筹莫展。
你瞧我荡漾着碧波，
雍容华贵，无须漂泊。"
薄云说："先生，切莫骄傲，
你的丰盈其实是我的功劳。"

布谷鸟和乌鸦

春天来临，森林里百花怒放，

布谷鸟昼夜不停地歌唱。

乌鸦说："看来你只会

谄媚春天，别无专长。"

布谷鸟停止歌吟，四顾发问：

"你是何人？来自何方，先生？"

乌鸦答道："我乃乌鸦，快人快语。"

布谷鸟说："谨向你致意，

望你说话永远这样直爽。

至于我，真正的呼唤声调必须悠扬。"

杞人忧天

"咳，圆月，"鹧鸪失声哭泣，
"听学者议论，我感到岌岌可危，
据说有一天你不再漫步天国，
宇宙毁灭，你随之湮灭。
呵，充满玉液的夜的君王，
果真如此，我们还有什么希望!"
圆月说："走进学者的书斋，
亲爱的，问清楚你享有的天年。"

湿木与燃烧的木炭

湿木噙着眼泪昼夜忧伤地思量：

树枝燃烧放射何等耀眼的光芒！

患了妒忌病湿木在昏暗的角落里

咕哝着："我何时有放光的机会？"

"幼稚的湿木，"赤热的木炭说，

"怕火炼你白受痴想的折磨。

我们焚烧自己获得的价值，

怎会白白飞到你的湿手里？"

湿木惊呼："天哪，谁乐意烧死！"

火红的木炭说："那等着喂白蚁！"

土地女神

仙人纳罗特说："哦，土地女神，

凡人享用你的粮食，却对你不尊，

竟然说你是尘土和土坷垃，

忘恩负义者嘲笑你邋里邋遢。

沉下脸来，停止供水供粮食，

让那些小人明白泥土是什么东西。"

女神含笑说："罪过呀，罪过，

我岂可报复，他们哪像我？，

我未受伤害，听了他们胡诌，

可我发怒，他们个个命归黄土。"

南 瓜

南瓜今日踌躇满志，
青竹架是运载它的飞机。
头晕目眩，也不俯视大地，
与日月星辰称兄道弟；
它想象着在飞行，
脚踩祥云，纵目远空。
可恼的是茎梗用亲缘
之绳将它与地球紧紧相连，
茎梗一断，一刹间
便飞升辉煌的天国乐园。
茎梗真断，南瓜顿时省悟，
它不属于太阳，属于泥土。

195

怒吼的水牛

有一天水牛冲天怒吼：

"像马一样，我需要马夫，

我已改掉牛的习气，

一天两回为我涮洗！"

说罢在牛圈里跳蹦，

冲撞，无休止地折腾。

天帝说："我满足你的意愿。"

当下命十个马夫站在它两边。

不到两天水牛哭道：

"够了，天帝，够了，

让我摆脱马夫的效劳，

那种涮洗真叫人吃不消。"

老少之间

长颈鹿的爸爸说：
"孩子，左看右看你的身体，
我心里不知不觉少了
几份对你的慈爱，
前面你的头高得出奇，
后面屁股小得可怜。
拖着这样的身子，
你怎能走在人的面前？"
儿子说："你瞧瞧
你自己的蠢样子，
真弄不懂妈妈以前
怎么会爱上你！"

木犁与铁铧

木犁声嘶力竭地哭嚷：

"铁铧老弟你来自何方？

打从和你连在一起，

我脑瓜天天碰得青紫。"

铁铧说："那我卸落，

让你待在屋里舒服快乐。"

铁铧磨秃。木犁果然

无事可做，躺着消闲。

农夫说："干吗留这废物，

今日劈碎扔进火炉。"

木犁大叫："铁铧老弟，

比起焚烧我宁可受累。"

谁拥有最多的权力

森林里谁拥有最多的权力？
一直到中午争论着这个问题。
素馨花说："听着，朋友们，
我以幽香征服整座森林。"
火焰花摇摇头响亮地说：
"我威震八方，单凭红色。"
玫瑰花微启粉红小口：
"我的芳姿在林中广为播布。"
芋头说："色香可当饭吃？
每片土壤都融和我的权力。"
地下是芋头控制的领域，
它以可睹的证据获得胜利。

铜罐与水井

铜罐开口哐当哐当响：

"水井叔叔，你怎么不是海洋？

若是海洋，我愉快地潜入深处，

肚皮喝他个又圆又鼓。"

水井说："不错，我是口小井，

这是我凄凉、沉默的原因。

可是小子，你不必多虑，

你想下几次就下几次，

你想汲几罐就汲几罐，

满足你我照样活在人间。"

图书在版编目（CIP）数据

泰戈尔哲理诗 /（印）泰戈尔 著；白开元 译. -- 北京：
作家出版社，2016.4
　　ISBN 978-7-5063-8900-6

　Ⅰ.①泰… Ⅱ.①泰… ②白… Ⅲ.①诗集 - 印度 - 现代
Ⅳ.①I351.25

中国版本图书馆CIP数据核字（2016）第086134号

泰戈尔哲理诗

作　　者：［印］泰戈尔
译　　者：白开元
责任编辑：桑良勇
装帧设计：孙惟静
出版发行：作家出版社
社　　址：北京农展馆南里10号　　　邮　　编：100125
电话传真：86-10-65930756（出版发行部）
　　　　　86-10-65004079（总编室）
　　　　　86-10-65015116（邮购部）
E-mail:zuojia@zuojia.net.cn
http://www.haozuojia.com（作家在线）
印　　刷：三河市紫恒印装有限公司
成品尺寸：142×210
字　　数：110千
印　　张：6.875
版　　次：2016年8月第1版
印　　次：2016年8月第1次印刷
ISBN　978-7-5063-8900-6
定　　价：25.00元